저녁은 넓고 조용해 왜 노래를 부르지 않니

김기형 시집

문학동네시인선 159 김기형

저녁은 넓고 조용해 왜 노래를 부르지 않니

시인의 말

내가 깨어진다 하여도
이 물은
쏟아지지 않으리

2021년 8월
김기형

차례

3부 무서운 산책

1부

돌과 나의 훈련

자두 f

두려움일 수 있고 봉지일 수 있고
아스팔트일 수 있다
이것이 자두의 힘이다
자두의 힘이
가능하다면 가능한 만큼
출렁대고 있다
멀리서부터 자두가
느껴진다
폭발된 맛이 느껴진다
저녁의 모양으로 바로 선다
피시방으로 가는 자두
자두의 보폭은 다정해
자두의 어둠은 자두의 죽음보다 강하고
비로소 자두의 어깨를 만져본다
자두여
자두를 버린다면?
자두의 탄생을 잃는다면?
벌벌 떠는 나에게서 자두가 열린다면?
자두 두 개가 꼭 붙어서는 무한대로 번식한다
'자두 에프'
당돌한 명명
자기복제의 자두와 자두들

왜 자두냐고 물으면
그것은 자두가 보았으므로
삼천원어치의 자두가
나뒹굴었으므로
계단을 타고 다 터지면서 나타났으므로

울지

다리 없는 것이 몸 전체로 힘을 주니
안으로 근육을 일으키니
그것이야말로

절대 자두여야만 한다

돌을 던졌다

돌의 영혼은 돌에게 돌아간다

돌의 내부에
돌처럼 생긴 뭉치가
돌의 형식을 취하고 있다

던질 돌을 쥐었다

누구도 귓속에 박힌
영혼의 일부를 모른다 돌의 형상만 생각했다
왜 귀는 입구가 되었나
귀 없는 돌들이여
영원히 해체되지 않는
몸의 모서리만 계속해서 벗기고 있구나

조금씩
돌을 비춘다
나는 이제 돌을 탐구하는 뒷면
축축하고 붉은 뒷면

그러니까 돌과 돌에게 옮겨가는 굳센 표정
뒤따르는 무리가 된다는 것이지

돌은
잠시 수면 위에 둥둥 떠 있다가
'이제 가라앉자' 하고

영혼의 무게만큼 자기를 굴린다

나는 돌에게 빠져들고
유리창 같은 수면을 향해
머리부터 박는다
숨을 쉬어도 나는 해체되지 않나
올라와줄까

발도 목도
같은 포즈

단단함
조금씩
돌과 나의 훈련

어지러운 마음이 내려가는 모양

저 골목은 밤으로 난 길이다
이 산책은 자신을 분지르는
공식적 일과

가로등을 세면서
가로등을 치받는 날벌레를 동경하면서
지구 밖의 불빛,
부분을 만진다
바다를 건져주는 것

오후의 증오
오후의 설움
하얗다못해 발광하는 그 빛은 무엇이었나

거리의 간판은 지시문으로 되어 있다
나의 사명은 시작되고

흰고래 수염처럼
색깔 없는 발등처럼

아
떠나지, 가지,
물러서는 신의 발은

잦은 물결

어둠 속을 간파하는
나의 체온은 죽듯이 떨어진다
낮아지기도 하고
오르기도 하는
소리

뒤로
불안이 매달린 넝쿨
간신히 숨을 쉬고 있다

걸을수록 행성들이 떠오른다
오른손이 왼손을 붙잡는
일촉즉발은 쉽고
삼킨 물건이 기도를 지난다
스스스 무엇이 지나가고 있나

그러니까 눈인사를 하며 사라지는 표정을
아무 저항도 없이
나는 녹이고 녹고

놀라운 목소리

막 펼친 식탁보. 그곳에 앉은 우리들의 환한 얼굴이 그늘로 뚝뚝 떨어집니다. 어둠이 얼굴에서 몰려나올 때 얼굴에 남은 표정은 어둠을 대신하여 녹고. 가슴 앞으로 날지 못하는 새들이 내려앉았지요.

이렇게 맑은 얼굴은 처음이다. 소리가 울릴 것 같은데 아무런 동작도 없이 얼굴이 떠나가고 저녁이 지나가는 것을 생각합니다.

말 못하는 우리가 새와 함께 몸을 열고 있습니다. 뜰이었다가 새이길 반복하는 사방에서 도착하는 목소리. 노을입니다. 노을을 그려요. 서로의 손을 붙들고 계속되는 원을 그리는 것입니다. 뺨이 붉어질 때까지, 밀리지 않는 바람이 뜰의 나무를 흔들어 기적으로 알려오는 때까지. 둥근 자리에 서서 우리의 발자국을 하나둘 셉니다. 새로운 인사를 만들어요. 각자의 궤적 위로 올라 이끌리듯 안기는 인사. 부풉니다. 숨이 숨으로 나가서 세상을 뿌옇게 만들어버리면 좋아요. 단단한 발음으로 말합니다.

만약 어떤 색을 흰색으로 볼 줄 안다면 그래서 우리가 자주 눈을 마주치며 오래오래 이 시간을 빗금으로 밧줄로 이어붙일 수 있다면

이곳에 놓이는 우리가 같은 테이블에 앉아서

젖은 빛 굵은 글씨 고르게 퍼지는 자신을 응답처럼 맞이할 수 있다면

당신의 목소리
당신은 목소리로 불길을 세워요.

숲속에 있어요

큰 뚜껑을 열고 깊숙이 얼굴을 집어넣어요
무엇이 담긴 통로일까
말소리가 울릴 거 같아서
불러낼 것만 같아서
우선 눈을 크게 떠보는 것이에요
내 두 눈이 훅하고 떨어져서 먼 곳으로 한참을 가도록요
멀리 가서는 조약돌처럼 되어서
발을 불러들였으면 해요

숨이 차요
계속 별이 사라져요
한 번쯤 몰래 살았어요

걷다보면 몸만 와 있구나 놀라는데
놀라도 아프지 않아서
더 많이 갈 수 있고 가서는
더 오래 바라보지요
나는 것들이 한 줄처럼 이어다니고
가만히 보면
추락하는 중이라서 새롭지요

아는 이름이 생겨요
차분하게 일기에

나는 일기에 적혀요
어느 언덕 옆에 놓여요
거기에서 봐요, 우는 사람들 도착한 사람들

숨을 못 참고 고개를 들면
밤이 되어 있을까요
아니면 다른 계절

모조리 벗고 제자리를 뛰어요
눈가로 주먹을 넣었다 뺐다,
무척이나 넓어지면서

누구의 빛이었나

부러지지 않고 몸속에서 자라는 뼈는
어디에서 옷을 벗나
찌르는 법이 아닌 둘러싸는 법으로 누구의 이끌림을 받고
있나 죽음은 뼈를 만나는 일인데 왜 환한가
쌓이고 있는 눈발, 산 자와 죽은 자를 가르소서

  *

걷는다 테이블에서 일어나 자리를 떠난다
비뚤어진 몸의 기울기는
쓸려가고 쓸려오는 소용돌이의 통로

이 빛을 주웠네

묻다가 파묻은 발을 빼다가
퍼붓는 눈발, 산 자와 죽은 자를 가르소서

  *

혈관을 타고 터지는 꽃망울 잠에 든다
꽉 쥔 주먹이 정원을 다닌다 찌그러지는 공중을 머리로 몸
으로 밀면서 지난다 밤을 붙들고 한 발을 넣자
욱여들어갈 때 일그러지는 표정은

창렬
범람
뼈가 부드러워진다 붙들지 못하는 것은
와락 벗어버린다
물컵에 찬다
푹신한 공기가 사방에서 몸처럼 분다

등을 구부린 사람

우리는 사라지나요
그곳을 보고 있으면

한쪽이 몰래 기우는 것을 알고 있어요
빗물이 몰려오는 것도

이 앞을 지나서 아래로 아래로 길을 내며 갑니다
젖은 나뭇잎이 작은 벌레를 구원하고 있다는 것도
거기에 많은 팔과 다리가 있다는 것도

왜 갑자기 불행한,
불행을 읽어낼 수 있는 능력이 생긴 것일까요

오래 보았습니다

모두 같은 모습으로 다녀요
엎어져서 이동하는 무리
투명한 뱃속을 가졌으니 대화는 필요 없습니다
가벼운 물방울 안에 둥둥 떠서는
팔과 다리로 원을 찢듯 휘젓습니다
나도 같이 가요
물방울이 서로 끌어당기면
나는 차렷 자세로 기다리겠습니다

몇 개의 팔쯤은 잃어도 될 것처럼

이게 나의 생각이라면
소용돌이의 힘이 내게 와준 것이라면
더욱 바닥에 배가 닿도록
플랫슈즈를 신고

반성

작은 새를 안아요
내 눈으로 들어오는 새를 안아요
조용히 나뭇가지 같은 발로 걸어가,
잠들 곳을 찾는
가장 어린 새

불빛을 따라서 부리를 쫓는
어린 새가 감춘 동그란 뼈
어디를 찌르면 이곳을 중심이라고
말할 수 있나요
날개는 가만히 몸 옆에 두고

작은 것을 안아요
오래 안고 있으면 녹아서
피를 타고 돌아갈까요

거기 어디서 가만히 고개를 수그린 새가
나왔던 알보다 더 작게
몸을 접어 머무나요

나는 갑자기 툭 하고 한마디
작은 것들의 목소리를 대신해서
부서질 몸통도 없는 것들을 대신해서

적막에 가까운 말

그 말은 밤을 새우며
천천히 천천히 한 점으로 남는
작은 모래알이 됩니다

이것 보세요
들리지 않는 소리를 내가 들었어요

나는 신의 손을 본 적이 없다

흰 눈이 계속이었다
흰 눈이 계속되면 흰 눈으로만 가득찬 속도 생기고
도무지 아프지 않은 것이 없지
개처럼

흰 눈밭을 뛰었다
흰 눈이 벗겨지지 않을 만큼만 달려나갔다
흰 눈의 안이 흰 눈 이전의 안과 같이 있구나
새벽이면 흰 천에 덮이는 마음처럼
벼락처럼
거대한 눈꺼풀이 내려오고 올라가
그 틈으로
온도가 왔다가 가는데
발자국도 남기지 않는 것이어서
모든 신호는 끊긴다
끊어진 길의 밖으로 조심스럽게
한 발
차가워지는 한 발
잘 안 보이는 흰 눈의 핏줄이
납작한 땅으로 스며든다
밤이면 뱃속을 지나다니는 물소리를 듣는다
배를 부비는 손이 다 젖어서
갈증의 반은 해소되는데

덩그러니 남은 내가
몸의 궤적을 본다
조금 더 구부리고 앉았던
자세
등뒤로 하염없이 내려오는
얇게 만들어진 잠
구멍을 가졌지

둥근 저 위를 푹 하고 찌른다
고된 밤과 흰 눈의 안

테두리가 바삭하고 으깨지는
아주 착한
혼자

내가 춤을 추는 동안

날지 못하는 것들이 와요
첨벙거리며 잠수하던 것들이요
왜 그토록 새의 심정에 대해 생각했나

발이 멈추면 손이 뜨고 마는
불덩이 같은 열이요

거칠고
마르고
다시 살아나지 않을 거 같은
갈비뼈 안쪽부터
내가 쌓여 있다면
믿을 수 있나요
밖의 기운 속으로 절대
나에 대한 간파를
증오를
늘어진 기울기를
나타내지 않는다는
불가능을요

팔들이 섞일 땐 팔들의 사실만

분절되는 목소리에 온갖 동물들이 뛴다는 사실만

다들 그렇게 불려가요

 울면서 끝난 사람은 울면서, 자면서, 막 대답하면서, 저린
몸을 꼬집으면서, 뺨을 부수면서, 찢어지면서, 달려들면서,
뱉으면서, 각오하면서, 태워지면서,

 누구의 눈처럼
 발견된 얼굴
 등을 가를 수 없는, 반을 넘어서는 몸

 아무도 위로할 수 없는 춤의 세계에서
 춤을 이겨내면서

폭격

뱀이 돌고 있습니다
나무가 갈라지고 있습니다
거실 스탠드가 터지고
화병에서 게들이 기어나오고 있습니다
바닥에 떨어진 새들
루디아의 집에는 루디아 이후의 사람들이 살게 되었습니다
도로 위에 죽은 사슴이 계속 말라갑니다
커튼 뒤에 다섯 사람이 있습니다
아직 해가 떠 있습니다
산은 너무 크고 무거워서 입이 없습니다
산의 뒤는 산의 앞을 쥐고 있습니다

화분 밖으로
별의 주변으로
덤불 속으로

안개에서 찾은 줄로 몸을 감습니다
별다른 말 없이 연극의 주인공이 됩니다
이곳에 앉은 관객은 나의 미래입니다
누군가 발로 차주면 돌이 산을 내려옵니다
돌의 자리를 놓고 다툼이 일어납니다
버스 정류장에 몰려 있는 사람들
높은 곳에서 후두둑 소리가 나면 뒤를 돌아봅니다

기억을 확인합니다
물고기의 등을 찾아봅니다
입속에 작은 생물이 숨었습니다

'언제 들어올 거니'
'지금 가, 이제 가려고'
의자를 밀어넣고 일어나 깜짝 놀랍니다
저기 구름사다리를 타고
이곳으로 오는 사람이, 누구입니까

나는 사라졌어요

길게 자른 나무토막을 쌓고
그 안에 개와 고양이, 이제 같이 살 것들을 키워요
천장을 보고 누워
함께 잠이 드니까 우리는 코가 닮아갑니다
같이 기어요
그런데 왜 사라지고 있다고 믿는 것일까요
이것은 기분에 관한 것
가장 확실한 것을 찾는 방법

내가 문을 열어줄 수 있을까요
어서 오세요, 라는 표정을 건네며 그러니까 이제
개와 고양이의 발을 내놓을 수 있을까요

한 발로 서지요
지워진 부분이 있다고 믿기 때문에

발들이 다 어디로 걸어갔을까요
이전에
더 이전에 공간을 다닌 사람
개와 고양이를 끌고 다닌 사람

등을 맞대고 좋은 상상을 해요
벽에 걸리는 그림처럼

뜨거운 심장을, 정말 그런 것을 창에 둔
환영, 환영해요

온 정성으로 달라진 아침
길러지는 공간이 모이면 집이 될 수 있어요

벤치에서 하는 일

기도하는 사람 옆에 앉았다
울다가
핏줄로 묶다가
가슴은 어디 가고 노래는 어디 가고
당신의 죽은 개만
짖고
이 울상 속에서 발이 길어진다

길어지는 만큼 지하는
목덜미처럼

어디로든 새어나가고

피는 없어요
뜻도

나의 기억으로는
당신을 처음 봅니다
인사를 나누면
당신은 처음이 되고 남모르는 눈물이 되고
별안간 툭 하고 뛰어내린다

깨지는 것은 벌어지는 일

반짝이는 눈들을 감기고 애도 밖으로
밀려난다
혼자 있는 자는 기도하는 자

기척을 내면
한꺼번에 많이 만나는 것도
두 손에서 비롯되는 일

힘을 주지 마세요
내가 끊어져서 날아가잖아요

달아나는 동물의
뒷발처럼

소라 속에, 게

언뜻 커튼이 들춰지고 네모로 붙들려요
거기에서 정확한 발음이 줄줄 샙니다
나도 언젠가 몸집이 작아지며 말라붙어간다는 것을 알아
차린 적이 있어요

가끔 기계들이 혼자 내는 소리, 문밖의 냉장고에서 열매
떨어지는 소리
익숙한 얼굴이 떨어졌다고 해도 나는 놀랐을 겁니다

모든 것은 한 번쯤 반드시 기척을 내는데 언제 저것이 움
직일까 언제 목소리를 떨어뜨릴까 숨을 참고

나는 한동안 있었어요

때로는 나를 밀치는 테이블 위에
작은 상자와 그 안팎으로 펜과 종이들
나는 매 순간 그것들을 단속하고 관리하느라 주의를 쏟았
지만 항상 테이블의 다리는 흔들거리는 중이었어요
모든 것은 단숨에 나에게

두 다리를 붙여놓아요 살들은 말랑해서 경계가 지워질 것
이라고 믿기 때문이에요
나는 잘 썰리는 것과 잘 썰리지 않는 것을 압니다

도마 위에서는 항상 그런 일들이 반복되고 있어요
등을 붙이고 긴 호흡을 갖습니다

긴 추처럼 흔들립니다 여러 곳으로 지나가고
뒤따라오는 소리,
모양이 변하고 있다는 것을 알아차립니다

나는 과열된 눈으로 방안의 사물들을 끌어냅니다
발이 두 개 세 개 자꾸만 폭주합니다

너의 왼팔로
창문을 열어두고

이불 안에 손이 놓여 있다
꿈꿀 땐 손을 쓰지 않는다
잘 익은 토마토를 머리맡에 둔다
일어나면 새카맣게 탄 새 한 마리가 창에 와 있다
토마토를 창가로 옮긴다

바람이 소리를 끈질기게 낸다
지붕이 열릴 수도 있다
이 집엔 공기가 너무 많다

창문 밖으로
긴 장례 행렬이 지나간다
설탕을 뿌려 개미를 모은다
담벼락이 흔들린다 토마토가 검게 덮인다

새들이 소리도 없이 내려앉는다
다 같이 매달려 조금씩 사라진다
집게손가락을 높이 들어 새들을 불러본다
푸시시 주저앉은 토마토, 넓고 둥글다

동선을 바꿔 오는 두 발
까만 재가 머리카락 사이에 붙는다
크게 짖는다

토마토를 반으로 갈라
새들을 위한 제사를 지낸다

뒤죽박죽 엉켜 있는 옷장을 연다
축축한 얼굴이 아직 웃고 있다
모락모락 연기를 채운다
검은 반점이 번진다

어디에서 이 아이는

어디에서 이 아이는
어디에서 이 아이는

그 옷을 입고서
어디에서
손을 담그고
어디에서 폭죽 터진 뒤로
떨어져 있는가

무너진 돌탑 같기도 하고
겨울의 털 같기도 하다
이렇게 만들어진 몸을 주워 담은
섬의 굴뚝 같기도 하다

굴뚝
솟는 불이
지워내는 하늘을
보라
보라고
으스러질 자기 몸을
이 길에

빵 조각

새의 눈
줄어드는 아이
바람이 들춘다

가슴에 손을 얹으면 흐느끼는 소리가 확성기처럼 커지고
투명한 눈동자에 이는 불꽃
등을 토닥인다

흰 장미 붉은 장미 분홍 장미 노랑 장미
서로 빤히 바라보면서

지나가는 자전거를 붙잡고 올라타면서
아이야 너의 갈 곳을 갈게
너의 색깔
우리가 붙잡는 힘줄
너의 가운데를 보여줘
그것도 핏줄이니? 그것도 네 머리카락이니?
방안에 흩어진 머리카락들
한 사람이 태어나지 않을까?
그런 경우는 없을까?
나는 이 보드라운 이불 위에 누워
네가 머문 곳으로 갈게

—　다정한 꽃말의 세계
　　아이의 발이 여기 있다
　　피고름을 빨면서
　　몸을 키우는 연체동물아
　　그런 얼굴은 뻔하지 않니?

　　주먹 안에 흰빛
　　말을 시작하면
　　붉은 눈

—

매일 잘못되는 삶

　나는 반대 방향으로 달리는 뒤의 세계를 알아요. 뒤를 붙들고 놓아주지 않는 너머의 감정을 알아요. 폭설입니다. 눈을 뭉쳐요. 하얀 얼굴이 되어요. 긴 잠으로 가는 사람의 표정이 담깁니다. 입도 눈도 닫혔는데 어디로 들어온 것일까. 바람 냄새를 맡아보기도 하지만, 밤이니까요. 밤 속으로 눈이 오면 그것은 싸움이에요. 자기를 녹이며 잠드는 사람이 있구나. 한참 보고 있지만 한참 보고 있는 사람은 잘 줄을 모르고 자기의 파수꾼이 되어 있어요. 우는 사람이에요. 둘로 갈라진 길에서 나는 나와 헤어졌던 것 같은데, 기억나지 않는 정황. 직선거리를 질러도 이곳에는 사람이 없고. 나, 둘, 포개지는 손. 만난 적이 있지요? 잠깐 잊은 적이 있지요? 낮이 계속되는 나라에서 왔어요. 그만큼 긴 밤을 어딘가로 이동시켰는데, 당신은 얼었어요. 당신은 형체 없이 녹고 있고요. 누가 이런 생각을 하며 밤을 새우겠어요. 누가 자신을 앞에 두고 잃어버린 것이 무엇인지 알려고 하겠어요. 앞은 본 적 없고 뒤를 돌아볼 때마다 두 발을 질질 끌며 가고 있었던 것일 텐데. 한 바퀴를 돌고 온 것인지, 내 앞으로 붙어버렸으니까. 어디서 돌아왔을까. 문신처럼 앞이 나타났으니 각자 앞을 얻었다고 해요. 서로의 옷자락을 붙잡고 뒤를 지켜봐주기로 해요.

2부

변복하는 이야기

손의 에세이

손을 안심시키기 위해서, 굿모닝 굿모닝

손에게 손을 주거나 다른 것을 주지 말아야 한다
손을 없게 하자
침묵의 완전한 몸을 세우기 위해서 어느 순간 손을 높이,
높이 던지겠다

손이 손이 아닌 채로 돌아와주면 좋을 일
손이 손이 아닌 것으로 나타나면 좋을 것이다 굿모닝 굿
모닝

각오가 필요하다 '나에게 손이 필요 없습니다'라고 말할
수 있는 일종의

나는 아직 손을 예찬하고 나는 아직도 여전히 손을 사랑
하고 있다 손의 지시와 손의 의지에 의존하여 손과 함께 가
고 있다 손과 함께 머문 곳이 많다 사실이다 나는 손을 포기
하지 못하였다 '제발 손이여'라고 부르고 있다 '제발 손이여
너의 감각을 내게 다오, 너의 중간과 끝, 뭉뚝한 말들이 나
에게 소리치게 해다오'라고 외친다 손이 더 빠르게 가서 말
할 때, 나는 손에게 경배하는 것이다

손의 탈출은 없다

다만 손들이 떨어진 골목을 찾고 있다

해안가에 앉아 손도 없고 목도 없는 생물들의 뱃가죽을 보면서 골목을 뒤진다!

손의 이야기는 끝이 나지 않는다 손은 쉬지 않는다 손이 멈추려고 하지 않는다는 것을 안다 손은 자신이 팔딱거리는 물고기보다 훨씬 더 생동하고 멀리 간다는 것을 증명하려고 한다

손이 말하는 불필요, 손이 가지려 하지 않는 얼굴

손은 얼굴을 때린다 친다 부순다 허물기 위해서 진흙을 바른다 손은 으깰 수 있다 손은 먼 곳으로 던질 힘이 있다 손이 손을 부른다 손이 나타나면 눈을 뜨고 있던 얼굴들이 모두 눈을 감고 손에게 고분고분하다 손에게 말하지 않고 손의 이야기를 기다린다 손은 다른 침묵을 가진다

손의 얼개가 거미줄처럼

거미줄과 거미줄 그리고 또다른 거미줄이 모여든 것처럼 내빼지 못할 통로를 연다

손 사이에서 망각한다 손안에서 정신을 잃는다 손의 춤을 본다 그 춤을 보면서 죽어갈 것이다

스러져가는 얼굴들이 감기는 눈을 어쩌지 못한다 나는 손

― 에게 조각이 난다

　손을 감출 수 있도록 도와달라고 울었지만 동그랗게 몸을 만 손이 어떤 불을 피우는지, 무엇을 터트리려고 굳세어지는지

　이 공포 속에서 손에 대한 복종으로 계속 심장이 뛴다고 말한다

　손을 놓고 가만히

　탁자 앞으로 돌아온다 손이 응시한다 손이 그대로 있겠다고 한다

　손이 뒤를 본다

　손을 뗀다 반짝하고 떨어진다

나는 긴 여행을 못 가요

  불렀습니다. 부른 사람이 부른 사람을 향해 이 길을 가자, 손가락을 걸었습니다. 바다 생물처럼 불가사리처럼 밤이 없어도 낮이 없어도 무엇이 자라는 줄도 모르고 커가는 내 어디를 훔쳐보며, 지독한 병으로 열렬히 열이 났어요. 어디에서 왔느냐 하면 별과 달과 높이 던져버린 그러니까 흔적에서 왔대요. 언젠가 신발 한 짝을 덤불숲으로 날렸는데, 나는 거기서 내 신을 구겨 신고 내게 오는 신을 본 적이 있고요. 어둠이 아니어도 좋아요. 이 불행이 내가 다니러 가는 길, 잔뜩 독오른 뒷그림자가 할퀸 자국이라고 해도, 함부로 날아드는 병이나 그것보다 더 퀴퀴하다 해도 좋아요. 내가 발목부터 키운 눈물입니다. 애석하게도 울면서 자랐어요. 검은 건반처럼 반쯤 감긴 눈처럼 나도 내가 펄럭이는 줄을 몰라요. 아무 뜻이 없습니다. 먼 산이라 해도 좋고 수평선이라 해도 좋은 먼 곳에서, 작은 불이 지펴지고 그곳에서부터 목소리가 온다는 상상만 잃지 않았습니다. 들었습니다. 와, 와, 오라고, 불을 쬐, 몸을 녹여, 여기는 모두 취했어, 불속에서 키운 자신들의 것, 손바닥의 길, 동물의 표정, 오후의 잔인함, 와, 와, 불길에서 걸어나와, 불길로 들어가서 불길과 함께 와 와 와 하고 고꾸라진다! 아무 뜻이 없습니다. 이런 말을 하기에는 아직 잠이 덜 깼고요. 제정신이 아닙니다. 물에서 불로, 불이 저지른 물바다의 역설, 어째서 물가에서도 불가에서도 부르는 소리는 한 가지일까
  나는 이런 환영이 좋았네

계속된 불

　모두가 글을 쓰고 있다. 어딘가에서 환영이 나타난다면 우리는 어떻게 해야 할까. 내가 손바닥을 바라보았을 때. 내가 계속하여 걷고 말았을 때. 뒤로 돌면 지워지지 않는 피의 세계가 너무 멀쩡하게 흐르고. 항상 '아니오'로 시작하는 대화. 불처럼 뜨거워서 자신을 못 지우는 대화. 불안해. 불안하게 이러지 마. 오후 여섯시야. 여섯시는 지나. 지난다면 좋겠어. 바깥은 열리고 열린 문 뒤에는 열려진 문이 있고 문과 문이 자꾸 길을 내고 있다. 불을 켜고 달리는 네가 보인다. 불을 켜고 머리를 쥐어뜯는 환한 자기의 방식, 자기의 세계. 한 방울만 뚝하고 흘려. 아무 일도 일어나지 않을 거야. 너는 그냥 조금 너를 버린 거야. 말을 듣는 맨발은 차갑다. 여섯시는 아무것도 아니다. 어쩌다 찾아오는 것도, 계속 반복되는 것도 아니다. 바라볼 때 나타나는 것이다. 차가운 곳을 주무르며 오는 것이다. 나는 미끄러지고 있어. 잘되지 않았어. 불안해. 불안한 말이지만, 너는 귀가 크구나. 네 귀는 의자도 바퀴도 명명도 질서와 비바람도 가지고 있다. 나는 귀로부터 시작해. 이것을 귀라고 부르니? 내가 앉은 곳이 문과 문 사이, 비로소 네가 잠이 드는 곳. 작게 말할게. 그래 작게 들어와. 고개를 숙이고 들어오면 영원히 고개를 들지 못하는 하나의 장면이 형성되고. 잘 보면 숙인 것이 아니라 일어서고 있는 것 같고. 불안하다고 한 말 속에 굴러다니는 돌들을 함부로 치우지도 못해, 네 발뒤꿈치에 대준다. 밟고 오는 것이 좋으니까. 혹 굴러떨어지는 모양처럼 발의

각도를 세워 기대는 것이다. 얼마나 궁금한가.

오셨어요, 드셨어요, 잠은요, 밥은요, 한참 전에 만들어진 몸은요, 이 기대는요.

모두가 글을 쓸 리가 없잖아. 서로의 반이 되는 입구와 출구는 마주보고 서서.

꿈

　이 모든 것은 다 꿈이다 나는 내가 한 일을 꿈에서 다시 걷고 쓰고 보러 다니기 때문이다

　꿈이 반복하므로 하루와 이틀은 이틀과 나흘로 멀어진다 망각도 조작도 시련도 해명도 두 번, 어슬렁거리며 놀이터 주변을 돌고 있다

　훌라후프를 하는 아이들이 자신을 분해하듯이, 잘 미끄러지지 않는 자신을 녹여내듯이, 사람에게 사람이 나타나 미워하듯이, 꿈에서 끊어지지 않는 고리를 발견한다 추위와 해빙, 아주 멀리서 부서지고 있는 낮과 밤의 계단

　팽팽하게 돌아가는 암흑의 구조는 튕겨져 날아가고, 저멀리서 돌아오고 있는 것은 나를 떠났던 새이다 누가 첨벙첨벙 물을 찬다 찬물이 해일처럼 내 머리 위를 적신다 눅눅해진 나의 자리에서 계속 잠이 깨고 잠에서 깨면 얼굴 덩어리를 흔들며 밤의 사방으로 튄다 **무엇이에요? 온도는 다르다** 잘 흘러내린 식물의 잎으로 중간계를 열어준다 거기에서 많은 다리를 가지고 태어난 비범한 곤충들의 집을, 다 짓지 않아도 잠에 드는 기운을 바라본다 곤충의 꿈은 두 다리로 벌떡 서서 지나가는 것이다 경사면을 가속 없이 내려가는 것이다 나는 나의 꿈에서 아이들이 있는 원 안으로 계속 떨어지는 식물의 잎을 본다 저것을 주우려면 이 꿈에서 깨어나야 한다 돌연한 아침에 나는 눈을 질끈 감고, 또 눈이 눈을 감은 힘으로 가득찰 때 놀이터로 갈 것이다 아이들이 원 안으로 자기가 읽었던 모든 문자들을 저지르듯 뱉고 눕는다

언어와 잘 젖은 흙을, 혀처럼 쌓고, 퍼 담아, 한마디의 힘 ⎯
으로 일어서서 갈 것이다 꿈이 기다리고 있다

질병에서 났으므로 뚫고 가는 세계가 있으리라

초록에 대하여
초록에서 나왔으므로 초록으로 돌진

비가 내린다면
비가 연속한다면
세계는 초록으로 덮여서 모두를 잊으리

내 손을 잡아요 나는 잔가지처럼 움직이고
내 어깨를 짚어요 나를 타고 당신은 오르고
와와 하는 탄성도 초록의 잎으로 발설되고 초록으로써 지
운다

초록의 무른 감정, 엉키는 귓속말, 매달리는 새들을 내쫓
고 초록이 발등까지 찬다 기어이 이르고 만다 호명과 비유
와 궤적 안으로
기어이 자른다

무슨 수로 너는 하얘지고 있나
여기 초록의 질주 앞에서 무슨 수로 너는 비스듬한 빛에
피 흘리지 않나
도달하는 전심

제 몸을 다 터는 일로부터 이 산이 시작되었어요 깊은 속

이 마련되었어요 제 몸을 다 털고 부유하는 일로부터 우리
는 멀리멀리 왔어요

입속을 열면 뒤범벅된 초록
네가 하는 말은 잔가지처럼 네 몸을 뚫고
뚫려서 벌어지는 열매까지

번지고 **부르르** 번지고 **부르르** 갑자기 뛰어오르고
갑자기 뿔이 휙 솟고

뺨 때리지 말아요

새고 있어요
홍수였어요
이해하고 있어요
부러진 발이 붙고 있어요
닿으면 열기가 섞여서
발이 커져요
당신이 딸려와요
분수처럼 쏘는 줄기
막으면 안은 가득차서
한참 늘어났다가
감춰둔 뒤로 나와요, 다 내놔요
다 터져요
수치가 돼요

얼굴을 감싸요
달아오르면 붉은 피가 돼요
죽음이 임박한 것처럼
남기지 않아요

돕는 손들이
덧대오지만
말을 해야 하고 보아야 하고
숨을

쉬어야 했어요
입김에 들뜬 가죽
펄럭거리는 이 정면으로
인사를 해야 했어요

지상의 시간이었으므로
잠드는 시간으로 넘어가는 중이므로

언제 다 차서
저렇게 흘리고 다니는 거니

신비로운 성장
다친 곳으로 몰려드는 핏물
얼굴을 뚫고
새살이 올라와요

쇠사슬에 꿰여 걸리면
지상도 공중도 아니랍니다

슬픈 얼굴

새의 발
캄캄한 거리 슬픈 얼굴이요
굽은 목

어떤 얼굴로 걸어가느냐고 물으면 그때마다
슬픈
얼굴이요

빗속에 얼굴을 풀고 있어
가만히 벌어지는 캄캄한 거리에
별이 놓이듯이 빵 조각을 떨구며 지나가듯이

부러진 나무들이 걸어가고 있어
한 발을 들면 바로 뛰어내릴 수 있는 격한 보폭으로

비밀로 들어갈 수 있어
발을 덮을 수 있어 같이 구르는 얼굴에는 인사가 없네
나는 슬픈 얼굴을 바라봐
가끔 깨진 채 떨어진 별의 조각을 입안에 담기도 해
슬픈 얼굴이 환하기도 하지

돌아가는 풍경을 봐
천사처럼 있으려고 오래 이야기를 하려고

함께 모인다

오래 무릎을 꿇고 정성스럽게

내 슬퍼진 얼굴을 만져

슬픈 얼굴은 말을 할 수 없는데,

'검은 몸은 슬퍼요'라고 터져나오는 말을

'슬픈 몸은 검어요'라고 겨우 옮길 뿐

거기
저녁 바람은 차고

생각이 나요
흩어지는 물보라의 반복
같이 구겨져도 좋겠다, 서성이던 발
내 발이었지만 도무지 벗을 수 없던

먼 곳에서 내려온 뜰이었어요
다시 뒤로 돌면 가라앉은 바다였어요
가득 심은 분홍의 꽃

나는 풍경처럼
고목처럼 길을 걸었어요
오래 걸으면 잃어버린 단추가 간혹 달려 있기도 하고
단추를 꿰면
마음이 좋았어요
목까지
발목까지
행복한 것이에요

저 아래에 숨겨둔 돌
몇 번 무너진 돌
풀이 자라요
나는 뒤엉키고

여기서 저기로 그어진 선은
잘 반죽된 미래를 말한다고 했어요
두고 걸어가면
선까지 잠기는 것이라고

물을 먹지 않는 몸
괜찮다는 생각을 했어요

부들부들 떨면서 멀리

내가 나를 꾹꾹 밟아요

봐, 까만 벌레를 낳았어

가벼운 동작
거짓이 아니라는 것처럼

손바닥을 뒤집으며 놀이를 시작하자
어둠 속에선 너의 뒤를 보아도 알 수가 없지

검정과 검정은 서로 가까이 붙는다
기록과 꿈이 불속을 연다
한 발은 넣고 한 발은

연기를 뿜으며 뛰어가는 길
같이 있던 얼굴은 반만 남았다
후 하고 불면 비스듬히 누워 비를 맞는다

손가락에 손가락이 붙어
아무 말도 할 수 없구나

빈 곳에 앉으면 종소리가 들린다
손바닥을 계속 뒤집는다

'노란 열매'
'반을 가르는 거야'
'큰 들소들이 달려가는 것을 봐'

나처럼 말하는 뼈도 있다

맨발로

맨발로 걸어간다
깨진 곳은 넓다

머리를 흔들면 도착하는 언덕에
구멍 뚫린 돌을 쌓는다

빛이 지나가는 우주

하고 싶은 말을 하지 않고
맑은 것과 밝은 것을 혼동하지 않고
닿고 있는 손가락의 감촉으로 빨려들어가지 않고
한참 당겨도 손에서 손인 것을 알고
이름을 대신해 어두워지고
내일 대신 기록을 믿는

약속된 나무 아래
나무의 속도 아래
부러지는 것은 나무가 아니다

세 번을 생각하면 네 번이 오고
반대 방향을 허용하지 않고
레일처럼 달린다
침착하게 흔든다 전진, 숨 없는 물속처럼 전진

무엇을 닮았나
떨어진 낙엽을 모은다
소복이 쌓으면
기원처럼
일제히 간다 얼굴이 온도가 목소리가 간다
간다고 해, 뒤가 없다고 해, 피맛이 나, 무엇을 깨물었을
까, 뛴다고 해, 아직도 공중 너무 가볍다고 해, 마음껏 웃었

다고 해, 이것 봐, 보라고 해, 어쩜 아무 냄새도 없이!

　소리치는 사람을 만난다 소리치는 사람이, 소리치는 사
람이었어?

　좁은 곳이 없다 밤을 새워서 오고 있는 사람이 계속해서
온다 계속 계속 계속 계속 모른다

　빈손이 앞에 떨어진다
　다친 손을 주무른다

반으로 갈라진 돌을 보십시오

어딘가 보이지 않는 곳이 부었다
간지럽고 차다
찬 것을 춥다라고 말한다
춥다라고 말하니 다시 목이 붓는다
크기를 자른다

얼굴이 입이다
얼굴이 쥐 한 마리를 삼키는 것
뱀이 긴 통로인 몸을 끌고
바깥을 지난다
언젠가 그 안에서 기도를 한 적이 있다
차 한 잔을 두고 엉엉 울었다거나
의자를 끌어당겨 앉으며
무능해지려고 했다
왜 테이블에 촛불을 두지?

둥근 지붕
밖에 놓인 사나운 절벽
이 집은 구를 수 있고,
가위바위보를 하는 것은
숨바꼭질을 하기 위해서

넓적한 다리를 하나 내준다

땅속에 들어가 앉은 둥근 잠
(운동장에서, 욕실의 비누 앞에서, 열매와 갓난아기, 아
몬드 아몬드를)

왜 두 눈인가
반드시 감추고 내놓지 않을 수 있는데

새들에게 다 소진하면 그만 아닌가

물을 마시자
모양을 바꾸는 것들이
물을 튀긴다

같은 신발을 신었던 건지도 모른다

일정하게 싸움이 일어난다 우리들의 수신호는 복잡해졌다

교대로 나의 주인이 바뀌었고 일렬로 나를 찾아왔다
멀리 편지를 부치기 시작했다
짐작하는 것 없이 지내도 되었다 그때는 상대를 추도했다
웃음이 많았다
아이의 손을 잡은 여자들이 몰려다녔고 거기에서만 개들
이 뛰어놀았다

사거리 횡단보도, 상상이 붙었다
어디에서 경직되어야 했을까 사라지고 나타나고 처음부터
비틀어진 몸 우리는 서로에게 줄 것과 주지 않을 것에 대
해 확인했다

신문은 배달되기 시작했다 나의 개는 나를 찾아왔다
공원을 걸었고 현관문 앞을 지나는 발소리를 들었다
누구든지 미끄럼틀에, 아이들이 있다

장면 몇 가지가 반복적으로 쓰였다
간결하게 배운 것을 기억했다
멀리 선 것들에게서 소리가 들려왔다 손이 보이고 바닥
이 비워졌다
단어와 옷이 범벅되고 있다 이튿날이 밝았다

비교적 책을 빠르게 읽었다 —

—

내려오세요, 산길

무대를 서성이지요 독백 대신 서성이는 것으로
시작

활짝 핀 꽃을 본 적이 있느냐고 말하는 파트너
파트너의 대사가 울리고

'저녁에 밝게 빛날 것이에요'
손목을 세워 보여줍니다

바위 뒤는 동물들이
움츠리는 곳
몸보다 큰 바위 뒤로 가면 반드시 만나는
재
'붉어진 흙이 다 말라 있어요'

남은 것이 없는 빈 웅덩이
흙속을 뒤져도
어제 만든 뒷모습은 보이지 않고

눈을 뜬 미라를 만나는 것이 이 연극의 중반이라면
'다른 흙속을 발견해야 합니다'

누구의 뜻인지 모르지만

동물의 앞발처럼
공중에 정지한 긴 꼬리처럼
높게 쌓인 언덕

이렇게 하는 것이 어디 있어, 이렇게 해서 어떻게 해, 파트
너는 절규하고, 한 번만 맞춰본 호흡은 엉망이고
'가벼운 것은 들뜨고'

당신은 알고 있습니다만

변복하는 이야기, 기억나지 않는 미래

'그러니까 희고 얌전하게 있다가 어디선가 저녁이 필요
하면 저녁의 무드로, 괴로움이 필요하면 고개를 쳐들고 드
나드는 것'

'공이 날아간다 내가 앉는다 사라져버린다 그림자가 빛 속
에, 이야기의 궤적에 놓인다 각자의 행성에 숨는다'
'숨지 않는다'

밖에는 살 수 있는 것과 살 수 없는 것
'시간, 우울, 나비, 나비라는 고양이, 과녁'
그러니까 뜻 모를 일기를 쓰고 있는 손등에 허공이

휘젓는 바람이
공이, 아니 해가, 기운(氣運), 떨어진 부분, 조각이
복판에서 한복판으로

깊은 당도

이제 행성의 밤이
모든 입을 찢고 자신을 향해 방백

넘치는 대사를
불난 대사를
크게 함부로 대사를!
대사를!
흐리다, 흐려도!
들러붙은 지시문이 부르르 떨리고
진동으로 불길이 번지고 번져서

다만

이렇게 말하고 싶습니다만,

철로를 지난다는 것

불이 하는 일이 있다면
붉은 혀를 접는 일
두드리는 일
동굴이 되는 일

말을 거는 일

벌어지는 일이 있다
불을 지나온 손등은 손바닥과 다르고
칼은 그곳에 어울리고
일으켜세우면 휘어질 수 있어서
곡선은 강하고 사라진다
떠난 뒤 보내오는 소식은
돌아오고 있다는 것
아침에만 깨어난다는 것
어디선가 잠이 오고
열기는 무뎌지고 있다는 것
밤중에 일어나 볼 수 있는 것을 찾는데
눈부터 빛나는 숲속으로 가려고 하는데
가지런히 놓인 맨살들만 잡혀서
도저히 신을 신길 수가 없는데
틈에 고인 빗물은
스며들고 있을 뿐

아직 날지 않은 새들이 있고
다시 누운 노인들이 나에게도 있어서
오늘도 알아볼 수 있는 집을
저녁에는 찾아가고
철문이나 나무문이나 낙서는 가득해
옆집은 매번 새롭다는 것
납작한 등은 골목에 어울린다는 사실

몸에서 쭉 뻗은 손이
자꾸 발작처럼 나간다는 게
어쩐지 너무 큰 소란이어서
뛰어본다는 것
스쳐지난다는 것
이 테이블에는 아이들만 있다는 것
귀의 감각이 살아난다는 것
긴 줄로 연결해둔 기계들이 있다는 것

달은 강물을 높이 띄우고
다 마른 몸이 물속으로 돌아가는 시간
아무의 손이나 덥석 잡아 언덕을 오르고
기어이 땅속에 옷을 벗어두겠다는 생각

—　모두 비슷비슷해서
　　다시 말해 여기선 튀는 불꽃이
　　절름발이라는 것

　　길거리의 문들을 보고 섰다는 것

높은 목소리

　빛으로부터 왔어요 무너뜨리면서 왔어요 높은 목소리, 떠
오르려는 몸을 대신해 나를 흘려보내요 동전소리 나고요 먹
히는 소리 들리고요 젖은 옷도 있어요 둘둘 말아 옷 무덤을
쌓고요 눈 못 뜨는 때까지 퉁퉁 붇다가 기울어져요 나를 밟
고 오세요 와와 하고 쏟아져서 구멍을 다 열어도 못 들어갈
만큼, 큰 몸 되어 오세요 자기의 집인 줄 알며 오세요
　잔가지를 부러뜨려 매끄러운 속살 보여줄게요 당신이 알
아볼 때까지 모든 이름을 불러줄게요 손에 손을 잡고 빗줄
기처럼 몰려다니는 당신의 발에 신을 신겨줄게요
　당신이 운다면
　당신이 손가락을 확 열고 기지개를 켠다면 발도 팔도 자기
살처럼 알아서 이제로부터 영원히 나타난다면
　높은 목소리
　우리가 들떠 듣는 빛 된 목소리
　사선으로 얼굴을 난도질하는 수천 겹의 목소리로 우리,
말을 나눠 가져요 그 말은 여기에 적혀요
　나는 너의 큰불이다
　사방을 두루 다니며 당신이, 계단도 없는 지하를 열어요

3부
무서운 산책

의자 공장의 중심

나는 의자 공장에 다니고
의자의 남은 다리를 집으로 싸가지고 온다

다리를 모아 붙일 때는 오후
오늘은 모두 앉아서 동물의 털을 덮는다

동물의 털은 여름부터 무성했는데
그럴 때마다 밤의 달은
사라질 것처럼 위태로웠는데

여자들은 그렇게 딸을 낳는다
걱정은 더러 나무를 덧대며 해결하고

다들 조명을 켜둔다
꿈이 변해버릴지도 모르는 아이들

'그런 일이라면 망설이지 않고 나무를 덧대야지'

마을 밖 숲으로 아이들이 몰린다
메아리로 눈뜬 것들의 이야기가 들린다

남자들의 등이 회오리처럼 열리고
아이들을 머리 위로 높이 들어올린다

힘껏 붉어지는 광장의 분수

여자, 기둥, 찬 옷이었던 것이
숲에서 날린다

물위로
의자를 던진다

호수의 숙녀*

어디에서 편지가 왔다 편지는 흰옷에 대해 말하고 있다
답장을 쓴다 튼튼한 뗏목을 만들어서 파랑새를 올려둘 것
이라고 말한다
각자 희고 파란 것으로 편지를 채운다 얼마 전에 나는 내
몸을 흔들며 거리로 나섰지 볼 수 있었지 문이 열린 곳에, 천
으로 된 의자에, 뱅글뱅글 감긴 무늬에, 조금 뜯긴 모서리에

몰래 숨은

몸을 흔들며 거리를 지났다

어디에서 편지가 왔다 눈빛에 대해 말하고 있다
나는 윤기나는 곤충과 곤충의 방향에 대해 그렸다 각자 눈
과 빛, 한 점으로 만들어진 원에 대해 말했다 집의 문이 흔
들렸다 손님으로 보이는 사람이 들어와 차를 마시고 나갔다
돌아오지 않아 놀랐다 이런 일을 기다렸다
다리를 모으고 앉아 밝은 낮 이후를 실험했다

놀란 채로 꽃병을 들었다

편지에 가느다란 줄이 그어져 있다 불이 붙은 초를 기울
이며 말했다 내 위에 앉아요
호수의 숙녀가 왔다

날개를 퍼덕이는 모양
목소리를 들려주었다

큰불을 내 입속에 넣는다

* 존 치버의 「정숙한 클라리사」(『기괴한 라디오』, 황보석 옮김, 문
학동네, 2008)에서 빌려옴.

손의 행방

따사로운 손이
문밖에 몸을 벗어놓았다

몸을 흔들어요
나의 집에 들어오라
우리의 불을 피우자
얼굴을 밝히자

입김을 후후 분다
얼굴을 달랜다
많은 눈물이 떨어졌는데

팔등에는 풀어지고 풀어진
투명한 문만 덜컹거리고

하나의 상자
하나의 끈
조용한 냄새

떠난 구름은 모양을 바꾸며
빛을 감춘다

다 빠진 피의 냄새가 나에게 닿아요

수프가 담긴 큰 통을 젓는
새로운 여자가 됩니다

남기지 않고

내 이름은 셋째 날
그것은 어제였는데
내 이름은 넷째 날
아마 기억하지 않을 거예요

마흔번째의 노크

너무 커진 당신은 바람처럼 가볍고

손 위에서 녹는다

점 하나만 남은 하늘
하루종일 꽃을 접는다
화단을 대신해서
여름을 대신해서

수프통의 사람

가만 보면 눈이다
바닥이 깊어지도록

수프가 일렁이고 있다

그 안에서 꽃밭을 누비듯 다니는
옷자락
피아노
안개와 같이
자꾸 날아와 죽는 귓속말

수프통 주변으로
바람개비를 돌리며 뛰어다니는 아이들

줄을 서서
차례차례 수프를 바라본다

무엇을 빠뜨렸나요?

국자를 끌어올리면
번개를 맞은 열매
까만 웃음은 두두두
입술을 모으고

이야기가 어디로 가는지 모르고

수프통 주변에서 주변으로
일어나는 일들의 기록
창문 밖 풍경은 동일하게 놓여 있고
한 숟가락을 입에 문

우리들이 여기 있다
수프는 사라지지 않고
무엇인가 태어나게 할 참이다
죽은 고양이의 입가에서 났던 단 냄새

한 입만 주세요 더 주세요

판판한 등의 표정

이 수프의 조용함을 본다

오늘의 눈금까지

이 물을 다 마셨어
젊은 나를 낳았지
소파에서 재우고 시든 꽃병으로도 키웠지
방에 들인 꽃이었지
집으로 들어오는 법을
가르친다
모두가 지켜볼 때

누구의 배회일까 나는

쭈그리고 앉아 발가락을 셌지
이명이 들리지 않으면 나는 다 점검된 것일 거야
아니 점거된 것일까

고양이는 깜빡이는 눈을 보여주면
깜빡이는 눈으로 인사를 한다
그러므로
백 년이 흘렀다
백 년을 지나서
곤죽이 되고 가뭄이 되고 저물었다가 활짝 갠다

어딘가 찢어져 꿰맨 바느질 자국
이 한 뼘은 누구의 것일까

모래사장 복판처럼 가루 날리는 뿌연 일들
내 몸을 뒤집어쓰고 앉아라

누구의 손이 더 큰가
네 시선이 나보다 더 높은 곳까지 갔구나
나무 도끼를 끌고 와
너로 넘어가라

오늘의 눈금까지

오늘의 제물

생각한 동물이 태어났다
한참 쓰다듬어도 되는 동물의 등
수북한 털이 겨울처럼 쌓인
동그랗게 기다랗게
생각보다 더 크다
내가 누우면 따라 눕고
천장이나 바닥이나 잘 붙어 있다
나를 대신해서
밖을 다녀온다
나를 대신해서 옷을 입고 나를 대신해서
잠을 잔다

어제의 테이블엔 어제의 시간이 앉아 있다
테이블을 밀어낸다
어제보다 재미있는 이야기를 올리자
단서처럼 남는 오늘
오늘의 제물이 놓인다

따라나선다
하루가 간다

반쯤 남은 컵의 물, 반의반쯤 남은 과일 조각
몰래 굳어버린 치즈 노랗고 하얗고 노랗고 하얗고

자세하게 기록된
한 발 멀리 떨어진

쌓인 모래처럼 하루가 간다

몸을 편다 나를 대신하는 동물을 센다
친근한 앞발을 손 위로 올린다

침대 밖으로 엇나가는 햇살
흔들리는 샹들리에
푹 잠긴 눈동자가 지구처럼 돈다

사람에게 생기는 질병

이때다 싶게 우리는 뒤바뀔 수 있다고 생각합니다 대신 앉
아서 밥을 먹고 살이 쪄갑니다 오로지 뉘앙스로
늘어납니다 쭉쭉쭉, 어렸을 때의 놀이입니다
비슷하게 자랍니다

아픈 여자들에게서 직감이 폭발합니다

산에서 뛰는 것은 자연을 사랑한 나머지, 나머지입니다
새에 대한 동경은 새장에서 시작하는 것입니다
그가 새를 사랑했다고는 할 수 없습니다
파다닥 뛰어서 공중을 휘갈길 때 생각할 쫌이 없었는데,
왜 죽음을 볼 때는,
파노라마가 스친다고 할까요
이야기를 나누자면 귀신입니다
귀신은 나의 할머니 너의 할머니, 너무 오래된 어른입니다

우리가 만나서 개인의 온도는 뜨거워집니다
무엇이 유효한 것인지, 힘이 센 것은 현장입니다 현장을
벗어나면 우유도 달걀도 날들이 지난 몸입니다
몸의 울음을 사람들은 민감하게 받아들입니다
몸에 깃든 것은 추위와 배고픔입니다 배고프다는 것은 무
서운 것이라고
할머니와 할머니가 계속 말을 해주었습니다

우리의 동화가 이렇습니다

이제는 더 강력한 방식으로 이를 갈며 잠을 자야 합니다
깨지 않기 위해서 우리가 때때로 주입하는 것들
아픈 여자가 너무도 선명해져서 침대 위를 내려오고 아이
의 옆구리를 찹니다
그 사랑이 튀어나와 언 발을 녹이고 모든 뜀뛰는 것들이
허공을 짓누릅니다

나의 여자는 꼬챙이처럼 휘었지만, 덩어리로 굴러갔습니다
남자는 그 발아래 덤불 속으로 그의 이런 날들을 방출합
니다
기대하던 것은 단색
정확한 것은 반드시 그런 것일 겁니다
이 진술은 끼어든 목소리가 아니고, 이 진술은

뒤집힌 월요일

월요일을 만드는 것이다
흑백
새벽, 바람의 뒤편

가슴에 손을 모으고
멀쩡한 단어들을 지워내고
절벽 아래로 흩트리는 일
깨져서 나타난 단어들을 다시 주워모으며

오늘은 월요일이야
거짓이야
죄책감을 씻는 날이야

기운 몸이 방안에 앉아서
아이야, 새들아, 창가의 손들아
노래를 부르는
가장 멀쩡한 월요일

잠자는 것들을 흔들어보아야 한다
어디에서 빛이 새어나오고 있는지 몸을 펼쳐야 한다
태초의 탄생이 지나간다
여자들이 신음하며 운다
월요일의 아침, 지붕

줄지어 뛰어다니는 골목의 개들
월요일로 들어오기 위해
붉은 달은 커지고

이제 그만 일어나겠니
검정 옷을 입고 계단을 내려가겠니

벌어진 풍경에 손을 담근다
가만히 바람이 녹고 있다

월요일을 포장할까요

눈부시게
불을 밝히는 손

확 긁어버리겠지

정오의 의식

나를 도와주세요
세 번

붉어지는 화분 하나와
칼자국처럼 내리치는 빛
반으로 쪼개놓은 과일
오래 숨을 참으면 못 보던 것이 나타날 수 있다

밤이 되려고
흩어지는 얼룩
모여든 바람이 모서리를 돌며
사라질 것을 명령한다

팬케이크는 탁자 위에 벌레들을 모으고 있다
물을 뚝뚝 흘려본다 동그랗게 벌레의 몸이 떠오른다

조용히 발뒤꿈치를 들어올린다
빛이 거둬가는 얼굴이 있다

난간에 다가온 빗금
나뭇가지에 입을 벌린 맨홀들

물구나무를 선다

빨개지는 어둠   —

발을 뺀다

나를 도와주세요 네 번

나비가 날개를 말리고 있다 1

몸의 추가 아래를 친다

모든 창이 열려 있었고
아무도 안에 있을 필요가 없었다
계단이 있었을 뿐이다

눈앞으로 손이 다가온다
손바닥이 넓히는 뜰을 다닌다

이렇게 계속 나타나도 되는 거야?
어디쯤을 함께 가도 되는 거야?
생각나는 것을 그린다
다른 한 조각의 몫
애도의 시간이다

우리는 소리를 만들지 않았다
소리를 듣지 않는다

달빛에 손을 녹인다
한 장 한 장 별들이 쌓여 있다
자꾸 밝아지는 몸을 구부린다

가끔 흰색은 인간의 색이 아니라고 생각했었다*

짐승과 그 사이에 불을 만든다

바닥에 엎어진 것들이 튀어오르기 시작한다

죽은 것들이
함께 바람을 맞고
수풀이 나타난다

사람처럼 옷을 펼쳐든다

* 다큐멘터리 〈색(色), 네 개의 욕망〉.

나비가 날개를 말리고 있다 2

붉은 길이 있을 것이다
기대므로 비스듬해지는 시간
목까지 흰 줄과 검은 줄을 그어보며
내가 누구인지를 세고 있다
입술 사이로 뿌리가 흘러나오면
주저앉은 몸 안으로 오로라가 오가기도 한다
그들의 별, 두꺼운 빛, 메마른 손목들은 그곳에 있다

어디서 나올 거니

가만히 목소리를 들을 때
큰 원을 돌며 비켜서는 짐승의 눈을 본다
응시하면서 나란히
핏물을 떨어뜨리면서
안녕안녕 입술을 깨문다

말할 수 있는 것이다 까마귀다

방에서 잎사귀는 뻗고 있다
한쪽 벽으로 모양을 키워나간다
창가에서 새까매지는 책상
조용히 등을 바라볼 때

주머니 속에서 손이 불쑥불쑥 커진다

사방에서 어깨들이 떨고 있다
길게 자라는 것들을 만지며
부른다
부러지지 않고 소리는 구르고
일제히 목들이 모퉁이를 돈다
옷자락이 바닥을 쓸고
아무도 찾지 않는다
깊이 박힌 발자국

등뒤로
천천히 큰 동물이 앞발을 든다

발끝은 바다와 다르다 핥고 지나간다
말할 수 있는 것이다

천사들이 나타난 것일까

등뒤로 빨강을 지운 무지개
송곳으로 찌른
테이블

얌전히 걸린 것은 나무와 나무뿐
저항은 없어지지 않는다

울어보는 삼십 초 잠깐 잊는 사십 초
뒤를 돌아봐
뒤로 뻗은 빛

어디에서 날아오는지
새들은 가로와 세로를
가득 채운다
빽빽하게 몸을 키워서
통과한다
붙잡힌 심정은 따로 뚝 떼어놓는다

앉을 자리가 없어요
우리 모두 서 있어요

서성이는 것도 괜찮아
해가 떨어져도

다시 기도를 해도
처음부터 읽게 되어도
여기에서 비를 기다려도

조금씩
묽어져도

불을 끄고
불을 켠다

스트라이프 티셔츠는 단정하게
목에서부터 끌어내린다
몸에 퍼지는
빈 가지를 꺾는 것

희고 부드러운 털이 난다

저녁은 넓고 조용해
왜 노래를 부르지 않니

결국 이렇게 강력해지는 것이다

얼굴에 기대고 서서 버틴다
강력해진 얼굴이 제 모습을 나타내
불기둥이 되어 지켜서고 있다

작게 여러 번을 돈다

제가 가진 것이 몸이라 그러합니다
제가 가진 것이 무너진 성벽,
뒤쪽에서 불어오는 바람이라 그러합니다

몸안에서 몸밖으로 간혹 팔 정도를 탈출시킬 뿐
썩은 나무 냄새만 채우고 있습니다
불쑥 눈동자를 뱉어낼 수 있다면
단단한 복숭아뼈가 박힌 발목이 거리로 달아날 수 있다면

몸밖에 앉은 동물은
코를 킁킁거리며 무너지는 심정에 대해 양발로 긁어대기
만 하고
아주 오래
이음새가 벌어지는 소리를 노래인 줄 알았다는 것입니다

붙잡힌 것처럼

'이 팔을 붙잡고 흔들어라'
붙들고 힘껏 빼내
한동안 오래 수그리고 앉아 있으면 좋겠습니다

바람

찬바람도 한입 크게 삼키면
손등에 나타나는 징후가 되리라고 믿을게요
종을 흔들듯
이 소리에서 저 소리로 옮겨갑니다

영혼은 푹 담가져 물을 먹고
조금 더 뼈가 선 몸
어디를 지우면 이 얼굴이 저 얼굴이 아니라고 말할 수 있
을지

해가 질 때 커다란 모자 아래로 들어갑니다

밤마다 초를

내 뒤에는 천사가
천사와 천사들을 이끌고 노래를 부르며
천사의 손을 세워

색을 지운 얼굴로 지나간다

온몸이 끄는 옷자락
바람이 지우는 발

깨진 유리 조각 위를 통과해

커튼 뒤를 열면
작은 사람
오래전 돌아온 사람이다
오래전 돌아와 오래 앉은 사람

눈 마주친 천사들을 기억해

벗어둔 신발, 왼쪽과 왼쪽
푹 꺼진 모래 바닥
깎아진 뒷모습

툭툭

손이 온다

뒤에 남은 순진한 새들만 난다

다시 흰색이 나타난 것처럼
오래 들여다보는 행성처럼

무서운 산책이 온다

나의 작은 이집트

멈췄다
만약 입을 열었다면 연 채로
산 채로 밟은 채로 뒤로 돈 채로
후— 하고 불어 끈

촛불의 사실

내가 본 곳에 있다 밤이 되었다
소리가 되었다 나는 것은 간단하고
얌전하고 좋고, 그래, 소리를 줄인 소리
반듯하지 않아도
고르게 분배되는 자세
이렇게 흘러내리는 거지, 꼼꼼하게 나는 내린다

위로 후— 하고 던지면
잠시 거기서 각자 펼쳐지고 모아지고
조각도 괜찮다
작은 점들이 생길 수도 있으니까
각자 눈을 뜰 테니까

없다고 답한다
있을 수 없는 일, 잘못 봤겠지, 잠깐만 닮아본다
거기도 아니야 여기도 아니고

그건 뒤잖아
그건 무릎이고
그건 그들이잖아
무엇을 말해도 된다
모서리를 자르고 다시 **모서리**를 자르고 다시,
그건 뒤잖아 그건 무릎이고
나타날 거잖아
나는 그것이고

연기가 후— 하고
잠깐 정지하고 잠깐 일어난다
가만히 가진 것을 뒤진다

빗물이 샌다
혼자 호명한다
일순간 여럿이 간다

9월생

가늘게 자란 열 개의 손가락을 꺼내 보여요 탁자 위에 나
타난 징조

가을에 떨어지는 열매들은 마른 소리를 낸다고 하던데요
화관을 만들기 위해서
붉은 코를 가진
용감한 나의 개 메리언의 얼굴을 보고 있어요 우리는 한
방에서 자고 일어났어요

불쑥 다른 손이 나타난다 하고 주문을 걸어요
같이 가보려고
새 옷을 꺼내 입고
밤이면 떠도는 빛을 전령이라고 믿기 시작했으니까요

마음속에 쓰러진 나무
세울 수가 없어서 몇 바퀴를 돌고 있어요 눈을 감고 돌아
요 메리언의 털이 가끔 나를 스치고 우리는 여기서 태어났
지 하는 거예요 나타나고 사라지고 숲에서는 흔한 일이지만
숲을 상상하면서 기적을 배워요
바람이 불면 한꺼번에 떨고
자기 몸을 달래는 목소리들

한 걸음을 떼서 숲으로 더 가까이 가자 너의 무덤을 지어

줄게 메리언의 목을 당겨서 일으켜요 내 몸에서도 한낮이 ─
뛰어내리게 될까요

　스스로를 깨닫고 나면, 거기 나라는 여인이 있고*

　이제 어디서부터 이 숲으로 바람이 들어오는지, 나는 조
용히 흔들릴 거예요

* 페르난두 페소아.

기형의 시

안희연(시인)

1. 자두로부터

여기, 계단 위에서 자두 봉지를 놓친 사람이 있다. 자두는 계단을 타고 나뒹굴다 다 터져버렸다. 그 자두는 삼천원어치의 자두였고 지극히 평범한 자두였다. 자두를 못 먹게 된 건 아깝지만 그 정도쯤이야. 사람들은 으깨진 자두와 그를 번갈아 힐끔거리며 서둘러 그를 지나칠 것이다.

그렇다면 놓친 쪽은? 어쩐지 그의 표정이 심상치 않다. 그의 마음속에선 어떤 일들이 벌어지고 있을까. 먹구름이 밀려와 장대비를 쏟는 중일까. 곳곳에 싱크홀이 생겨나진 않았을까. 알 수 없다. 상흔은 눈에 보이는 게 아니니까. 그래도 누군가 한 사람은 그에게서 심상치 않은 기운을 감지하고 이렇게 물을 수도 있을 것이다. 당신에게 자두란 무엇입니까. 고작 자두일 뿐이지 않습니까. 자두의 무엇이 당신을 이렇게 만들었습니까.

그제야 그는 긴 이야기를 시작한다. 그의 자두가 그냥 자두도 고작 자두도 아닌 이유에 대해서.

왜 자두냐고 물으면
그것은 자두가 보았으므로
삼천원어치의 자두가
나뒹굴었으므로
계단을 타고 다 터지면서 나타났으므로

울지

다리 없는 것이 몸 전체로 힘을 주니
안으로 근육을 일으키니
그것이야말로

절대 자두여야만 한다

—「자두 f」부분

  그는 자신의 자두를 "절대 자두"라 부른다. 리베카 솔닛
의 '살구'가 어머니라는 기억, 어머니와의 관계 전체를 함의
하듯이*, 김기형의 자두도 시인의 세계 안에서 절대적 힘을
갖는다. 그는 자두와 긴밀하게 연결되어 있다. 자두는 "무한
대로 번식"하는 "복제"된 나이자 "죽음보다 강"한 "어둠"
을 품고 "출렁"이는 존재다. 그런 자두를 놓쳤다는 것은 존
재의 기반이 뒤흔들리는 일생일대의 사건이다. 어쩌면 자두
를 놓치기 이전으로 되돌아갈 수 없을지도 모른다. 그럼에
도 그는 자두가 스스로를 "일으키"려는 힘을 가졌던 것이라
믿고 자두가 "터지면서 나타났"다고 적는다. 연약하지만 연
약하지만은 않은 자두. 고통받았지만 고통을 터트리면서 나

———————————
  * 리베카 솔닛, 『멀고도 가까운』, 김현우 옮김, 반비, 2016.

117

타나는 자두. 그러므로 절대 자두의 탄생. 내가 읽은 기형의 시는 바로 이 절대 자두의 탄생기이다.

2. 매일 잘못되는 삶

　기형과 나는 꽤 오랜 시간을 알아왔다. 시인이라는 이름을 얻기 전부터 서로의 글을 읽어주었고, 각자 면벽하며 글을 쓰는 동안에도 함께였다. 그렇다고 내가 기형의 시를 잘 아느냐고 묻는다면, 잘 모르겠다. 기형을 아끼는 만큼 기형의 시는 내게 도무지 객관적일 수가 없기 때문이다. 나는 그가 잘 우는 사람이라는 것을 알고, 이따금 세상의 소란을 피해 피정을 떠난다는 것도 안다. 세상 모든 슬픈 얼굴을 제 것으로 삼는다는 것도 알고, 삶을 하나의 기도로 만드느라 애쓰는 중이라는 것도 안다. 그렇게 그를 알아서, 그의 시가 분명한 테두리를 그리지 않아도 그 안에서 출렁이는 불꽃을 만질 수 있다. 그런데 글을 통해 이것을 설득시키려다 보니 여러 날을, 여러 밤을, 백지를 마주한 채 보내야 했음을 고백한다.
　기형의 시가 난해해서는 아닐 것이다. 어떤 그림은 억지로 의미를 포장할 때 제 빛을 잃는다. 그저 흰 벽에 걸어두고 말없이 바라볼 때 비로소 완성되는 그림도 있다. 실재를 재현한 시라면 그 안에서 재현된 실재를 읽어내겠지만 마음이라면? 형용하기 어려운 감정을 형상화한 것이라면? 그래서 당신과 나 사이에 자두를 놓았다. 시집에 수록된 한 편 한 편의 시를 자두라 생각하기로 한다.

　나는 반대 방향으로 달리는 뒤의 세계를 알아요. 뒤를 붙들고 놓아주지 않는 너머의 감정을 알아요. 폭설입니다. 눈을 뭉쳐요. 하얀 얼굴이 되어요. 긴 잠으로 가는 사람의 표정이 담깁니다. 입도 눈도 닫혔는데 어디로 들어온 것일까. 바람 냄새를 맡아보기도 하지만, 밤이니까요. 밤 속으로 눈이 오면 그것은 싸움이에요. 자기를 녹이며 잠드는 사람이 있구나. 한참 보고 있지만 한참 보고 있는 사람은 잘 줄을 모르고 자기의 파수꾼이 되어 있어요. 우는 사람이에요. 둘로 갈라진 길에서 나는 나와 헤어졌던 것 같은데, 기억나지 않는 정황. 직선거리를 질러도 이곳에는 사람이 없고. 나, 둘, 포개지는 손. 만난 적이 있지요? 잠깐 잊은 적이 있지요? 낮이 계속되는 나라에서 왔어요. 그만큼 긴 밤을 어딘가로 이동시켰는데, 당신은 얼었어요. 당신은 형체 없이 녹고 있고요. 누가 이런 생각을 하며 밤을 새우겠어요. 누가 자신을 앞에 두고 잃어버린 것이 무엇인지 알려고 하겠어요. 앞은 본 적 없고 뒤를 돌아볼 때마다 두 발을 질질 끌며 가고 있었던 것일 텐데. 한 바퀴를 돌고 온 것인지, 내 앞으로 붙어버렸으니까. 어디서 돌아왔을까. 문신처럼 앞이 나타났으니 각자

앞을 얻었다고 해요. 서로의 옷자락을 붙잡고 뒤를 지켜
봐주기로 해요.

　　　　　　　　　　　—「매일 잘못되는 삶」 전문

　이 자두의 제목은 「매일 잘못되는 삶」이다. 계단을 타고
구르던 자두의 '터짐과 나타남'이 자두의 본질을 이루는 원
형적 사건이라면, 이 자두에게서도 상황은 어김없이 반복된
다. 화자인 '나'는 삶이 매일 잘못되고 있다고 느낀다. 삶은
계속해서 앞으로 나아갈 것을 종용하지만 화자는 그와 상충
되는 "뒤의 세계"에 붙들려 있는 까닭이다. "뒤의 세계"는
지금껏 지나쳐온, 내가 놓친 것들로만 이루어진 세계일까.
화자는 앞으로 나아가지도 못하고 그렇다고 뒤를 끊어내
지도 못하는 이중의 난관 속에서 극심한 고립감을 느낀다.
　화자는 이를 "싸움"이라 인식한다. 그런데 이 싸움은 외
부에 적을 둔 싸움이 아니다. "밤 속으로 눈이 오"는 외부의
현실을 탓하고자 하는 마음도 없다. 그보다는 그 순간의 자
신이 어떤 상태에 놓여 있는지를 살피는 데 더 많은 문장을
할애한다. 그때 '나'는 내면의 분화를 겪고 있었다. "당신"
은 나에게서 갈라져나온 또다른 나이고, 나는 묵묵히 "자기
의 파수꾼"이 되어 얼었다 녹는 당신을 지켜본다.
　불화도 분노도 없는 고요한 싸움. 오로지 자기 안에서, 자
기와 더불어 펼쳐지는. 몸안에선 "발이 멈추면 손이 뜨고 마
는/ 불덩이 같은 열"(「내가 춤을 추는 동안」)이 펄펄 끓는

중이더라도 겉으로는 수평에 가까운. 아마도 '나'는 이러한
싸움을 숙명이라 여기는 것 같다. "누가 이런 생각을 하며
밤을 새우겠어요. 누가 자신을 앞에 두고 잃어버린 것이 무
엇인지 알려고 하겠어요"(「매일 잘못되는 삶」)라며 부정하
듯 말하지만, 정작 자신은 스스로 부정했던 그 일을 한다.
  어떻게 그럴 수 있을까? 삶은 매일 잘못되면서 우리가 가
진 가장 내밀하고 연약한 자두를 으깨는데, 그것만으로도
모자라 구둣발로 짓이기기까지 하는데. 삶이 수시로 내미
는 "사나운 절벽"(「반으로 갈라진 돌을 보십시오」)과 "내빼
지 못할 통로"(「손의 에세이」) 앞에서 우리는 어떻게 우리
의 자두를 지켜나가야 하는 걸까.

  흰 눈이 계속이었다
  흰 눈이 계속되면 흰 눈으로만 가득찬 속도 생기고
  도무지 아프지 않은 것이 없지

  (……)

  구멍을 가졌지

  둥근 저 위를 푹 하고 찌른다
  고된 밤과 흰 눈의 안

테두리가 바삭하고 으깨지는
아주 착한
혼자

       —「나는 신의 손을 본 적이 없다」 부분

"고된 밤과 흰 눈의 안"이라는 이중의 악재는 아무래도 인간이 피할 수 있는 현실이 아닌 것 같다. 우리는 그저 그 안에 갇힌 '아주 착한 혼자'로서 존재할 수 있을 뿐. "테두리가 바삭하고 으깨"질 만큼 연약하고, 피부-세계와의 접촉면이 약해 살아 있음이 쓰라린 사람들. 그는 스스로를 일컬어 "귀로부터 시작"(「계속된 불」)된 사람이라고 말한다. 귀가 예민한 사람은 세상의 소음을 피해 더 깊은 안쪽으로 간다. 숨소리조차 시끄러워 "모든 것은 한 번쯤 반드시 기척을 내는데 언제 저것이 움직일까 언제 목소리를 떨어뜨릴까 숨을 참"(「소라 속에, 게」)는다.

3. 숨을 참을수록 선명해지는 목소리

기형의 시는 묻는다. "왜 사라지고 있다고 믿는 것일까요"(「나는 사라졌어요」), "왜 갑자기 불행한,/ 불행을 읽어낼 수 있는 능력이 생긴 것일까요"(「등을 구부린 사람」). 비록 작은 목소리지만 세계를 향한 분명한 응전이다. 그는 이 세계의 질서를 이해할 수 없다. 대답을 들어본 적이 없기 때문이다. 그럼에도 그는 자두의 터짐이 곧 나타남이라는 것을 알기에 보이는 앞면뿐 아니라 보이지 않는 뒷면도 동시에 보려고 애쓴다. 자두의 터짐으로부터 실패, 죽음, 결락, 탈락만 보는 것이 아니라 그 순간을 통한 나타남까지도 함께 보려는 것이다.

그러기 위해 그는 숨을 참는다. 그에겐 "오래 숨을 참으면 못 보던 것이 나타날 수 있"(「정오의 의식」)다는 믿음이 있기 때문이다. 그렇다면 무엇이 나타난다는 것일까. 자두가 터졌을 때 우리 눈에 보이는 것은 터져버린 자두일 따름이다. 만일 그 장면으로부터 무언가를 보았다면 그것은 눈으로 볼 수 있는 것은 아닐 것이다. 그에 대한 답변처럼 보이는 시를 아래 옮긴다.

빛으로부터 왔어요 무너뜨리면서 왔어요 높은 목소리, 떠오르려는 몸을 대신해 나를 흘려보내요 동전소리 나고요 먹히는 소리 들리고요 젖은 옷도 있어요 둘둘 말아 옷무덤을 쌓고요 눈 못 뜨는 때까지 퉁퉁 불다가 기울어져요 나를 밟고 오세요 와와 하고 쏟아져서 구멍을 다 열어도 못 들어갈 만큼, 큰 몸 되어 오세요 자기의 집인 줄 알며 오세요

잔가지를 부러뜨려 매끄러운 속살 보여줄게요 당신이 알아볼 때까지 모든 이름을 불러줄게요 손에 손을 잡고 빗

줄기처럼 몰려다니는 당신의 발에 신을 신겨줄게요
　당신이 운다면
　당신이 손가락을 확 열고 기지개를 켠다면 발도 팔도 자
기 살처럼 알아서 이제로부터 영원히 나타난다면
　높은 목소리
　우리가 들떠 듣는 빛 된 목소리
　사선으로 얼굴을 난도질하는 수천 겹의 목소리로 우리,
말을 나눠 가져요 그 말은 여기에 적혀요
　나는 너의 큰불이다
　사방을 두루 다니며 당신이, 계단도 없는 지하를 열어요
　　　　　　　　　　　　　　　—「높은 목소리」 전문

　기형의 시는 한 편 한 편이 기도처럼 느껴지고 종교적으
로 다가올 때가 많다. 이 시집에서도 그는 목소리에 관한 두
편의 시를 적고 있는데, 하나는 높고(「높은 목소리」) 하나는
놀랍다(「놀라운 목소리」). 목소리는 형체가 없고 초월적이
라는 점에서 종종 신의 현현으로 비유되곤 한다. "당신"도
'내'게 그런 존재인 듯 보인다. 내가 "모든 이름"을 동원해
당신을 부를 때 당신은 "빛 된 목소리"로 나에게 온다. 이 관
계는 수직적이거나 일방적이지 않다. 이쪽의 나만큼이나 저
쪽의 당신도 적극적이다. 당신은 "사방을 두루 다니며" "계
단도 없는 지하를 열"며 내게로 온다.
　그리고 또하나의 목소리가 있다. 두 목소리 모두 간절함

의 결과로서 나타난다는 점에서는 같지만 놀라운 목소리는
내가 보다 적극적으로 수행해야 하는 것에 가깝다.

　　만약 어떤 색을 흰색으로 볼 줄 안다면 그래서 우리가
자주 눈을 마주치며 오래오래 이 시간을 빗금으로 밧줄로
이어붙일 수 있다면
　　이곳에 놓이는 우리가 같은 테이블에 앉아서
　　젖은 빛 굵은 글씨 고르게 퍼지는 자신을 응답처럼 맞
이할 수 있다면

　　당신의 목소리
　　당신은 목소리로 불길을 세워요.
　　　　　　　　　　　　　　　　　　　—「놀라운 목소리」 부분

「놀라운 목소리」는 수많은 가정(if)의 문장들로 이루어져
있다. 당신의 목소리가 "불길을 세"우려면 '내'가 "어떤 색
을 흰색으로 볼 줄"도 알아야 하고 "오래오래 이 시간을 빗
금으로 밧줄로 이어붙"이는 등의 숱한 전제가 필요하다. 최
선이, 최선의 사랑이 요청된다는 뜻이다. 이때, 두 목소리가
공통적으로 '불'의 속성을 지녔다는 점이 중요하다. 높은 목
소리는 내게 "나는 너의 큰불이다"라고 말한다. 놀라운 목
소리는 내 간절함으로 말미암아 "불길"로 세워진다. 이 '불'
이야말로 절대 자두의 탄생을 가능케 하는 조건 아닐까. 자

두가 터질 때 나타난 것은 자두가 간절히 품고 있었을 열망, 그러므로 불인 것이다. 기형의 시는 불을 향한 기다림을 지속한다. "먼 산이라 해도 좋고 수평선이라 해도 좋은 먼 곳에서, 작은 불이 지펴지고 그곳에서부터 목소리가 온다는 상상"(「나는 긴 여행을 못 가요」)을 하며 '아주 착한 혼자'의 시간을 견딘다.

4. 절대 자두의 탄생

> 침묵의 완전한 몸을 세우기 위해서 어느 순간 손을 높이, 높이 던지겠다
> —「손의 에세이」 부분

당연한 이야기지만, 기형의 시는 기형의 손으로 쓰인다. 기형의 손은 기형의 것이지만 기형은 자신의 손을 완전히 가져본 적이 없다. 시인의 등단작이기도 한 「손의 에세이」는 바로 그 불가능성에 대한 기록이다. 손을 높이 던지려 할수록 손의 힘은 나날이 강력해지고 통제 불능의 상태가 된다. '나'는 손을 장악하기는커녕 "손에게 조각"나고 "복종"을 강요받기에 이른다. "손을 감출 수 있도록 도와달라고 울었지만" 알 수 없는 "공포"에 사로잡힐 뿐이다. 그럼에도 그는 계속해서 손을 던지려 한다. "손을 높이,/ 높이

던"져 침묵을 일으켜세우려 한다. 당신의 목소리, 자두가 품은 불은 오직 그 시간을 통과해야만 나타난다는 것을 알기 때문이다.

　　불쑥 다른 손이 나타난다 하고 주문을 걸어요
　　같이 가보려고
　　새 옷을 꺼내 입고
　　밤이면 떠도는 빛을 전령이라고 믿기 시작했으니까요

　　마음속에 쓰러진 나무
　　세울 수가 없어서 몇 바퀴를 돌고 있어요 눈을 감고 돌아요 메리언의 털이 가끔 나를 스치고 우리는 여기서 태어났지 하는 거예요 나타나고 사라지고 숲에서는 흔한 일이지만 숲을 상상하면서 기적을 배워요
　　　　　　　　　　　　　　　　　　　　　—「9월생」 부분

다시 맨 처음의 자두에게로 되돌아가볼까. 당신과 나 사이에 놓여 있었던 자두 말이다. 그때의 자두는 연약하고 무르기 쉬운 인간의 내면처럼 보였다. 금방이라도 계단을 타고 구르다 터져버리기만 하고 말 것처럼 보였다. 그러나 기형의 시집을 읽고 다시 들여다본 자두는 결코 그 순간에만 머물러 있는 자두가 아니다. 자두의 터짐은 필연적이고, 자두의 약함을 부정하는 것도 아니지만 적어도 그 자두는 "쓰

127

러진"자리를 "몇 바퀴"씩 돌며 "기적을 배워"나가는 중이
다. 한 존재의 절대성은 노력으로 얻어지는 것은 아니지만,
노력 없이는 지킬 수 없는 것이기도 하다. 비록 우리 삶은
나날이 잘못되어가고 있을지라도 존재는 누구나 절대 자두
가 될 가능성을 품고 있다는 이야기로 들린다.

  이것이 기형의 삶이고, 기형의 시다. 눈치챘을지 모르지
만 나는 이 글의 처음부터 끝까지 기형이라는 말을 의식적
으로 반복해왔다. 그때마다 당신이 기형이라는 단어에서 무
엇을 상상했을지 궁금하다. 우리가 익히 아는 기형은 부정
적 뉘앙스가 강한 단어다. '괴이한 형체'라거나 '보통 일반
의 정상적인 형태와는 다른 생물의 형태'라는 뜻을 내세워
차이를 강화하고 구분 지으려는 말이다. 그러나 내가 읽은
기형의 시는 조금도 기형적이지 않다. 자두를 놓친 사람, 폭
설의 밤, 불길 같은 목소리를 향한 두리번거림, 높이 던진
손…… 이 모든 게 하나의 철로라면, 이 철로를 달려야 하는
기차는 불행한 기차일까. 물론 이 철로는 자두를 놓치는 순
간 시작되었다. 나뒹굴며 터져버린 자두는 인간이 피할 수
없는 불행이다. 그러나 무른 것은 무른 대로 그 무름을 터
뜨려 자신의 존재를 증명한다. 터짐과 동시에 나타남으로써
절대 자두가 된다. 이것은 하나도 기형적이지 않은 일이다.

  기형의 시를 설명하려는 나의 문장들이 도리어 당신의 감
상을 해치게 될까 두려운 마음이다. 그래서 마지막으로 조
금 다른 이야기를 하려 한다. 오래전 기형은 내게 '로스코

예배당(The Rothko Chapel)'에 관해 말한 적이 있다. 그 안에 자리했을 때 자신이 얼마나 평화롭고 투명했는지에 대해서. 로스코의 작품에는 보이지 않는 힘이 있다. 우리가 마주한 건 단조로운 색면일 뿐이지만 그 색면이 우리에게 건네는 말은 조금도 단조롭지 않다. 제임스 엘킨스의 말을 잠시 빌린다. "로스코의 그림에 가까이 다가서면 그 안에 들어가 있는 자신을 발견하게 될지도 모른다. 모든 것이 담합하여 감각의 과부하 상태를 만든다. 시야를 완벽하게 장악해버리는 텅 비고 빛나는 직사각형의 색면들, 반짝반짝 빛을 발하는 침묵, 붕 떠 있는 느낌, 또는 손에 만져질 듯한 형체의 부재, 색깔이 아주 멀리 떨어져 있는 것 같으면서도 질식할 정도로 가깝다는 기이한 느낌."*

기형의 시집을 읽는 내내 로스코 예배당이 떠오른 것은 그저 우연일까. 어쩌면 기형은 지금껏 한 편 한 편의 시—터지면서 나타나는 자두 그림을 벽에 걸며 자신만의 예배당을 만들고 있었는지도 모르겠다. 자두의 자리에 많은 것들을 놓아볼 수 있을 것이다. 절대 삶, 절대 시, 절대 얼굴, 절대 여름, 절대 노래. 제 자신으로 존재하기 위해 분투하는 모든 존재들. 기형의 시는 존재 증명의 기록이다. 앞으로도 기형은 이 절대성에 대한 탐구를 계속해나갈 것이다.

* 제임스 엘킨스, 『그림과 눈물』, 정지인 옮김, 아트북스, 2007, 41쪽.

시인이 내민 것이 그러하니 이쪽의 우리들도 그것을 느낄 수밖에 없다. 아, 여기 울고 있는 영혼이 있구나. 불을 갈망하는 목소리구나. 이 모든 건 살아 있다는 뜻이구나, 아프구나. 다시 강조하지만 이 모든 시는 기형의 손으로 쓰였다. 이 모든 게 기형의 이름으로 이루어진 일이라는 게 좋다. 세상이 정의하는 기형의 의미를 비껴나는 방식이어서 좋다. 매 순간 간절하고 최선을 다하고 있어서 좋다. 기형의 시는 기형의 시. 당신도 이 좋음을 함께 느꼈으면 좋겠다.

김기형 2017년 동아일보 신춘문예로 등단했다.

— 문학동네시인선 159
저녁은 넓고 조용해 왜 노래를 부르지 않니
ⓒ 김기형 2021

— 1판 1쇄 2021년 8월 30일
1판 2쇄 2021년 9월 29일

지은이 | 김기형
책임편집 | 이재현
편집 | 강윤정
디자인 | 수류산방(樹流山房)
본문 디자인 | 유현아
마케팅 | 정민호 이숙재 우상욱 정경주
홍보 | 김희숙 함유지 김현지 이소정 이미희 박지원
제작 | 강신은 김동욱 임현식
제작처 | 영신사

펴낸곳 | (주)문학동네
펴낸이 | 염현숙
출판등록 | 1993년 10월 22일 제406-2003-000045호
주소 | 10881 경기도 파주시 회동길 210
전자우편 | editor@munhak.com
대표전화 | 031) 955-8888 팩스 | 031) 955-8855
문의전화 | 031) 955-3578(마케팅), 031) 955-1920(편집)
문학동네카페 | http://cafe.naver.com/mhdn
트위터 | @munhakdongne
북클럽문학동네 | http://bookclubmunhak.com

ISBN 978-89-546-8158-2 03810

— **문학동네**